AF595708

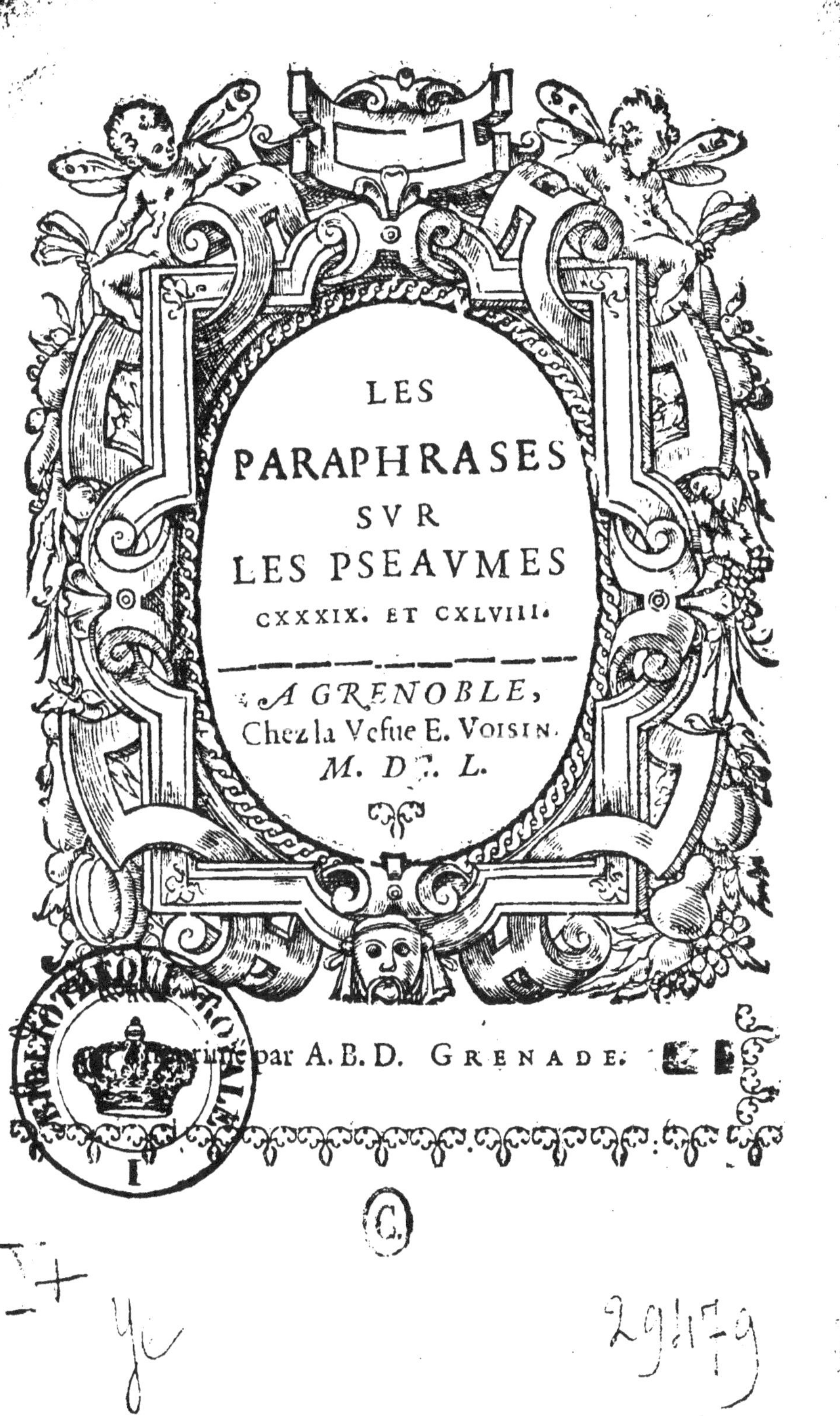

LES PARAPHRASES SVR LES PSEAVMES CXXXIX. ET CXLVIII.

A GRENOBLE,
Chez la Vefue E. VOISIN.
M. D[illegible]. L.

[illegible]rimé par A. B. D. GRENADE.

PARAPHRASE DV PSEAVME CENT TRENTE-NEVF.

Domine, probaſti me, &c.

MONARQVE Tout-puiſſant, qui lances le tonnerre,
Et de qui les regards des tenebres vainqueurs,
Percent en vn moment le centre de la terre,
La nuict de l'auenir, & l'abyme des cœurs:
Soit leué, ſoit aßis, ie ne fay ny ne penſe
Rien de qui le ſecret trompe ta connoiſſance,
Tu comptes dans le Ciel le nombre de mes pas:
Tu lis dans les deſſeins que ie n'ay point encore,
Mon Dieu, tu me cognois, alors que ie m'ignore,
Et tu vois ſans erreur meſme ce qui n'eſt pas.

La parole, Seigneur, cette image legere,
Où l'on voit nos desirs & nos intentions,
Fille de l'air, qui meurt dans le sein de son pere,
Qui d'esprit en esprit porte les passions;
Par vn vol auancé deuant toy vient parestre,
Auant que sur ma langue elle commence à naistre,
Qu'elle aprene en ma bouche à former ses accens;
Et qu'estant de mon cœur sur mes levres conduite,
Elle coure au dehors, & prene dans sa fuite
Cet inuisible corps, qui la descouure au sens.

Le passé, l'auenir, sont pour toy mesme chose,
Le present, qui pour nous s'escoule comme l'eau,
D'vn pied ferme & constant deuant toy se repose.
Rien pour toy ne vieillit, & rien ne t'est nouueau:
Et si comme le feu de tes yeux adorables,
Consumoit les defauts des objets perissables,
Et leur faisoit changer de nature & de loy:
Vn amas de poussiere, vne masse d'argile,
Vn ouurage mortel, inconstant & fragile
Est dans ta connoissance Immortel comme toy.

O Science! ô Soleil! qui jettes des lumieres,
Dont l'éclat m'éblouït, au lieu de m'éclairer;
Ie baisse en t'admirant mes debiles paupieres,
Et sçay que sans te voir, il te faut adorer:
Ie t'apperçois de loin; mais l'amour qui m'emporte,
Pour aller jusqu'à toy n'a pas l'aile assez forte:
Tout l'effort des humains n'y sçauroit arriuer,
Et qui croit de soy mesme en auoir la puissance,
Ioint le crime au defaut, l'orgueil à l'ignorance;
Et retombe plus bas en voulant s'éleuer.

Donc, ô Dieu, qui vois tout, en tous lieux, à toute heure,
Dans ta iuſte fureur ie te fuyrois en vain;
Si ie cherche aux Enfers vne obſcure demeure,
Ie te trouue aux Enfers les armes à la main.
Que ſi ie monte au Ciel, le Ciel n'a point de place
Où ie ne te rencontre, & ne liſe en ta face
L'Arreſt du chaſtiment que i'auray merité;
Et par vn nouueau ſort i'y verray ta Iuſtice
Changer ce lieu de gloire en vn lieu de ſuplice,
Et partager l'Empire auecque ta bonté.
Non, ſi de ton courroux i'excite la tempeſte,
L'Aube, ny le Couchant, le Midy, ny le Nord,
N'auront point pour cacher, ou deffendre ma teſte,
D'abyſme aſſez profond, ny d'aſile aſſez fort.
Quand ie pourrois voler plus viſte que l'Aurore,
La foudre de tes mains d'vn vol plus viſte encore
Sçauroit bien me pourſuiure, & m'atteindre en tous lieux;
Et quand ie deſcendrois dans le plus creux de l'onde,
Où s'eſteint chaque iour la lumiere du monde,
I'y ſerois découuert par celle de tes yeux.
Tes yeux portent le iour dans les plus noires ombres,
Et d'vn friuole eſpoir ie flate mes deſirs,
Si ie croy que la nuit, auec ſes voiles ſombres,
Dérobe à tes regards mes injuſtes plaiſirs.
Ta clarté ne vient point d'vne flame eſtrangere,
A toute heure tu vois l'vn & l'autre hemiſphere,
Sans aide & ſans beſoin de l'Aſtre qui nous luit;
Toy-meſme es ton Soleil, mais vn Soleil ſans tache,
A qui rien n'eſt caché, qui iamais ne ſe cache,
Ny l'eſté, ny l'hyuer, ny le iour, ny la nuit.

Mais dois-ie m'estonner si ie vois sans nuage
Les plus profonds secrets de l'esprit, & du corps?
Comme vn docte artisan, tu peux de ton ouurage
Preuoir les mouuemens en voyant ses ressorts;
C'est toy, de qui la main me fit d'vn peu de cendre,
C'est par toy que ma peau vint sur mes os s'estendre,
Et c'est là le chef-d'œuure où ie veux t'admirer.
Ie me perds quand ie pense à ta beauté supresme,
Et me trouuant alors au dessous de moy-mesme,
Ie retourne au neant dont tu m'as sceu tirer.

Seigneur, tu vis ma chair, mes muscles, mes arteres,
Se former, s'assembler, se placer en leur rang;
Tu vis s'vnir en moy des qualitez contraires;
Tu vis durcir mes os, tu vis couler mon sang;
Tu vis mes petits bras dessous leur tendre écorce,
Pour me pousser au iour faire essay de leur force,
Et rompant leur prison chercher vn autre lieu;
Tu vis de tout mon corps l'admirable structure,
Dont l'art découure assez l'Autheur de la Nature,
Et rend l'homme la preuue, & l'image d'vn Dieu.

Quand ie n'estois encor qu'vne masse pesante,
Que d'vne main parfaite vn ouurage imparfait,
Mort encor, & couuert d'vne tombe viuante,
Et qu'à peine de l'homme auois-ie vn foible trait;
Tu voyois chaque iour ioindre vn estre à mon estre,
Tu voyois tout mon corps auant le temps parestre
Dans ce liure où tu fis le plan de l'Vniuers,
Où tu lis du futur les Histoires fideles,
Et de qui la Nature imite les modeles
Lors qu'elle veut former ses miracles diuers.

Que ce penser est doux ! qu'il me plaist, qu'il m'enflame,
Sciences de mon Dieu, beaux thresors de clartez,
Que les chaisnes du corps sont pesantes à l'ame,
Qui n'aspire qu'à voir vos celestes beautez !
Mais, en vain sur la terre y voudrois-je pretendre,
Tout ce que je comprens c'est qu'on ne peut comprendre
Vos diuines grandeurs, sans vn diuin secours,
Et qui vous veut conter, connoissances profondes !
Certes, il veut conter les sablons & les ondes,
Dont l'vne & l'autre mer fait son lict de son cours.

Ouy, sans doute, Seigneur, ta feconde Science
Est vn vaste Ocean, sans riuage & sans fonds,
Dans les sacrez détours de ta grandeur immense,
Ie m'égare tousiours, tousiours je me confonds :
Quand j'ay passé la nuict dans cette noble estude ;
A la fin pour tout fruict de mon inquietude,
Ie connois ma foiblesse & ma temerité :
Ie ne vois goute au reste, & la jeune courriere,
Qui dans vn char brillant r'ameine la lumiere
Me rencontre & me laisse en cette obscurité.

Pourquoy donc ton courroux veut-il d'autres victimes,
Que ces cœurs endurcis, ces aueugles peruers,
Qui t'estiment aueugle, & pensent que leurs crimes
Doiuent estre impunis, pource qu'ils sont couuers ?
Extermine, mon Dieu, cette maudite engeance,
Dont l'impudente erreur attaquant ta Science,
Croit te lier les bras, en te fermant les yeux,
Elle t'ose assaillir, rends luy guerre pour guerre,
Et que les feux sacrez viennent purger la terre
De ces monstres d'Enfer, qui combattent les Cieux.

Fuyez bien loin de moy, fuyez race execrable;
Dont la cruelle main eſgorge l'innocent,
Cependant que la bouche encore plus coulpable,
Oſe bien prendre en vain le Nom du Tout-puiſſant,
Voſtre malice entaſſe injure ſur injure,
Mal heureux, vous joignez le blaſpheme au parjure,
Et le langage impie au langage menteur:
C'eſt peu de perdre l'homme, & comme ſi l'ouurage
N'eſtoit pas vn objet digne de voſtre rage
Autant que vous pouuez vous detruiſez l'Auteur.
Ie hay tous les meſchans, & ſouffre vn mal extréme,
Quand ie les voy remplis ou d'honneurs ou de biens,
Ouy je les hay, Seigneur, à cauſe que je t'ayme,
Ie ſuis leur ennemy, parce qu'ils ſont les tiens:
Ie méle en mon eſprit l'amour & la cholere,
I'ay fait vœu de leur nuire autant que de te plaire,
Dans ce double deſir je me ſens conſumer;
Et l'ardeur qui pour toy m'échauffe le courage,
Voit auec regret que la haine partage
Vn cœur, qui ſans reſerue eſt tout fait pour t'aymer.
Que ſi tu peux douter du zele qui me touche,
Ie viens au Tribunal à qui tout eſt ſoubmis:
Interroge mon cœur, voy s'il dément ma bouche,
S'il eſt d'intelligence auec tes ennemis:
Et ſi les condemnant moy meſme je t'offence,
I'ay des-ja contre moy prononcé ma ſentence
Vien t'en l'executer, viens terminer mon ſort:
Et qu'aprés mille maux, l'ame me ſoit rauie,
Pour exemple aux humains, qu'vne meſchante vie
Enfante, auec douleur, vne funeſte mort:

FIN.

PARA

PARAPHRASE DV PSEAVME 148.

Laudate Dominum de Cœlis, &c.

Celebrés le grand Dieu de gloire
Illustres Conquerans des Cieux,
Faites hommage au Dieu des Dieux
Des Hymnes de vostre victoire:
Vainqueurs dont Dieu mesme est le pris,
Vaisseaux au port, heureux esprits,
Faites raisonner vos Cantiques,
Tant que du bruit melodieux
De ses Eloges magnifiques
Retentisse par tout le grand Palais des Cieux.
Princes du Ciel, vertus viuantes,
Par qui Dieu départ ses thresors,
Saints Esprits qui formés les corps
Des Legions triomphantes,
Interpretes de ses desirs,
Qui vous agreés aux souspirs
Du repentant & du fidelle,
Foudres de guerre, Herauts de paix,
Rayons de l'Essence Eternelle,
Anges adorés Dieu qui vous fist si parfaits.

Toy son éclatante peinture,
Toy qui sors des eaux tout bruslant,
Thresor public d'ou va coulant
L'abondance de la Nature:
Courrier indomptable aux trauaux,
Gloire & honte de ses riuaux,
Flambeau dont ta clarté feconde
Eclairant l'esprit par les yeux,
Introduit le sçauoir au monde,
Soleil benis l'Autheur de ton sort glorieux.

Et toy qui par sa prouidence,
D'vn mouuement prompt & fatal,
Sur des Campagnes de crystal,
Roules le somne & le silence,
Lieutenante du Roy du iour,
Dont mille feux forment la Cour,
Dont cent fleurs couronnent la teste:
Doux flambeau qui n'as de clarté
Que ce que ton frere t'en preste:
Lune rends graces à Dieu de ton iour emprunté.

Et vous innombrables Lumieres,
Feux qui viuez sans aliment,
Corps qui dans le mesme moment
Souffrez deux mouuemens contraires:
Characteres étincelans
Par qui sur des marbres roûlans
Ses loüanges sont imprimées:
Eternels Phares des Nochers,
Fleur d'or en champ d'azur semées:
Astres rendés hommage au grand Dieu que ie sers.

Beauté des beautés la plus rare,
Desir des esprits & des yeux,
Couronne des Anges des Cieux,
Riche manteau dont Dieu se pare,
Ame des couleurs & des airs,
Astre étendu par l'Vniuers,
Amour de chaque creature:
Brillante matiere du iour,
Lumiere teint de la Nature,
Dieu vous loüa jadis, loüez-le à vostre tour.

Vaste Diadéme du Monde,
E'clatant & pompeux miroir
Ou la main de Dieu semble auoir
Mélé la flamme auecques l'onde,
Palais de gloire & de repos,
Sacré registre ou sont enclos
Des secrets que le temps découurent:
Séjour ou meurent les desirs,
Séjour que nos desirs nous ouurent,
Rendés hommage à Dieu qui fait tous vos plaisirs.

Mouuantes sources de la pluye,
Ombres du Ciel, taches des airs,
Obscures meres des éclairs,
Thrônes ou l'Arc-en-Ciel s'apuye,
Arsenaux du Dieu des Combats,
Chars qui le portés icy bas,
Temples d'ou ses Oracles sortent.
Sombre sueur de l'Vniuers,
Montagnes qui les vents emportent,
Nuës rendés à Dieu vos hommages diuers.

C'est cette source de lumiere
Qui de l'abysme du Chaos,
Ou tous les corps estoient enclos,
Tira leur forme & leur matiere,
Dans ce tout, ou dans ce neant,
Gisoient mélés confusément
L'Air & le Feu, la Terre & l'Onde:
Son pouuoir les en a tirés,
Et pour la structure du monde
Il a rejoint les corps qu'il auoit separés.

Tous ses enfans de sa puissance
Se tiendront éternellement
Dans l'ordre & dans le reglement
E'tably par sa prouidence,
Preuoyant tous les accidens,
Il a prescript deuant le temps
Des bornes à toutes les choses:
Et c'est là que iusqu'à leur fin
Elles demeureront encloses
Sans pouuoir s'affranchir des loix de leur destin.

Riche mere de l'abondance,
Solide base de la Mer,
Lourd Element qui pends en l'air,
Et que ton propre poids balance,
Matiere de tout ce qui vit,
Tombeau de tout ce qui finit,
Vieil domaine de nos Ancestres,
Fœconde femme du Soleil,
Seruante qui nourris tes Maistres,
Terre benis l'Autheur de ton sort nompareil.

Vous de qui la ſeule peinture
Fait fremir les plus aſſeurés,
Confidens des deſeſperés,
Difformités de la Nature,
Corps imparfaitement éclos,
Horribles reſtes du Chaos,
Sepulchres ou le cœur s'enſerre:
Affreuſe Image des Enfers,
Beantes playes de la Terre,
Gouffres rendés hommage au Maiſtre que ie ſers.

Campagne liquide & profonde
Sur qui ſon eſprit s'émouuoit
Lors que ſa grandeur conceuoit
L'admirable deſſein du Monde:
Effroyables abyſmes d'Eaux,
Vaſtes carrieres des Vaiſſeaux:
Et vous Fleuues, & vous Fontaines,
Eternel reflus de la Mer,
Vaines d'argent, ames de plaines,
Loüés l'eſprit ſecret qui vous ſemble animer.

Subſtance toûjours affamée,
De qui les efforts déuorans
De tant d'autres corps differans
Ne font que cendre & que fumée:
Riual du grand flambeau des Cieux,
Dominateur ambitieux,
Dont l'Vniuers ſera la proye;
Premier mobile des eſprits,
Ardent Symbole de la ioye,
Benis Dieu, ſers ton Maiſtre, & venge ſon mépris.

Celebrés ſa grandeur ſuprême
Bruyantes armes du Tres-haut,
Toy qui produits l'extréme chaud,
Et qui produits le froid extréme:
Greſle & tout ce qui fend les airs,
Tourbillons, Tonnerres, Eſclairs,
Vapeur de la Terre puiſée,
Que fait le ſoir & le matin,
Ou le ſerain, ou la roſée,
Benis le ſage Autheur de ton double deſtin.
Toy ſous qui les ondes captiues
N'ont plus qu'vn foible mouuement,
Qui ſembles plaindre ſourdement
La liberté dont tu les priues:
Glace fille & mere des Eaux,
Et toy qui tombes à monceaux,
Froid habillement de la Terre,
Par qui s'augmente ſa chaleur,
Par qui ſa vertu ſe reſerre,
Neige, preſent de Dieu, celebre ſa grandeur.
Vous qui de l'vn à l'autre Pole,
D'vn inuincible mouuement
Volés impetueuſement
Pour executer ſa parole,
Couriers vigoureux & legers,
Qui tirés ſon Char dans les airs,
Demons de la Terre & de l'Onde;
Deſir & crainte des Nochers,
Fleuues d'air, halaine du monde,
Loüés Dieu qui vous fit ſi prompts & ſi legers.

Vous dont l'air si froid sur vos faistes
Est si tiede & si dous en bas
Que vos pieds semblent n'estre pas
Sous mesme climat que vos testes:
Eminent throne des Bergers,
Eternel séjour des hyuers,
Hautes limites des Campagnes;
Butte de la foudre & du vent,
Fermes & superbes Montagnes,
Tremblez & fremissez au nom du Tout-puissant.
Fertiles cheueux de la Terre,
Arbres fauoris du Printemps,
Riches Bouquets à qui les vents
Font tousiours l'amour ou la guerre:
Sacrés nourrissons des Forests,
Registres de mille secrets,
Presentés à Dieu pour hommage
L'Ambre de vos douces odeurs,
L'Emeraude de vos feueillages,
Le Nectar de vos fruits, & l'Email de vos fleurs.
Vous de qui le trauail vtile
Nous rend le bien que le peché
Nous a dés long-temps arraché
En rendant la terre infertile,
Viuans outils du Laboureur,
Chere épargne de sa sueur,
Constans compagnons de ses peines,
Et vous qui sans joug & sans frain
Habités les monts & les plaines,
Farouches Animaux loüés le Souuerain.

Oyseaux dont la voix douce & claire
Forme des concerts si flateurs,
Beaux & deuots adorateurs
Du grand Flambeau qui nous éclaire:
Agreables amusemens,
Legers & fidelles amans,
Objets d'vne innocente guerre,
Fils de l'eau qui regnes en l'air,
Roys de l'air qui pillés la Terre,
Pour benir vostre Maistre apprenez à parler.
Serpens de la Terre & de l'Onde,
Amas de fange & de limon,
Froid canal par qui le Demon
Versa le peché dans le monde:
Et toy donc l'effort criminel
Déchire le flanc maternel,
Vipere ingrate fais paraistre
Que tu connois ton Createur,
Et que tu te hastes de naistre
Pour plustost celebrer sa diuine grandeur.
Grands Roys petits Dieux de la Terre,
Dont le sacré couronnement
Releue immediatement
Du Dieu qui lance le Tonnerre:
Nobles ames des Magistrats,
Intelligences des Estats,
Maistres de la fatale Roüe,
Puissances au dessus des Loix,
Songés que de la mesme boüe
Dont Dieu forma le peuple, il en forma les Roys.

Vous

Vous qui sa haute prouidence
Soûmet à leur gouuernement,
A qui vous deués iustement
Le tribut & l'obeïssance:
Peuples adorés son pouuoir;
Et vous qu'vn plus noble deuoir
Attache auprés de leurs personnes,
Illustre ornement de leur Cour,
Puissans appuy de leurs couronnes,
Princes adorés Dieu qui vous donne le iour.

Iustes vengeurs des injustices,
Qui dans vn saint aueuglement
Dispensés souuerainement
La récompense & les supplices:
Viuantes Images des Roys,
Dont le sens est celuy des Loix;
Dieux mortels, colomnes du monde,
Source du repos des humains,
Loüés la Sagesse profonde
Du Iuge Souuerain dont vous estes les mains.

Vous de qui les ames hautaines
Sont des esclaues des desirs,
De qui triomphent les plaisirs,
Et de qui triomphent les peines:
Fertiles champs des passions,
Gloire & force des Nations,
Thresor de vigueur & d'adresse,
Printemps de l'homme, arbres en fleur,
Feux viuans, ardante jeunesse,
A benir vostre Dieu employés vostre ardeur.

Et vous ou depuis tous les âges,
Comme ſur vn throne affecté,
Regne l'orgueilleuſe beauté,
Dont l'éclat fait tant de rauages:
Funeſte écueil des libertés,
Par qui tant d'eſprits enchantés
Prenent plaiſir d'eſtre coupables;
Fléches qui portés dans les cœurs,
Doux tyrans ennemis aymables,
Vierges rendés hommage au Vainqueur des Vainqueurs.
Adorés ſa grandeur ſupréme,
Vieillards édifices penchans,
Corps affaiſſés, Soleils couchans,
Chancelans reſtes de vous meſme:
Et le petit monde nouueau,
Les tendres meubles du berceau,
Que la meſ-ardeur les conſomme,
Que tous ces pecheurs innocens,
Ce foible ébauchement de l'homme
Face hommage à ſon Dieu de ſes premiers accents.
Son nom plus craint que le Tonnerre,
Eſt graué magnifiquement
Sur le bronze du firmament,
Et dans le centre de la Terre:
Ces Globes ſans ceſſe roûlans,
Ces Pauillons étincelans,
Ces tentes d'azur & d'yuoire
Sont le theatre ou Dieu fait voir
Des petits rayons de ſa gloire,
Et des moindres effets de ſon vaſte pouuoir.

Mais le peuple qu'il fauoriſe,
Le void auec rauiſſement
Eclater plus eminemment
Dans le pourpris de ſon Egliſe:
Il releue ſa dignité,
Là ce cher peuple en liberté
Troune vn inuiolable aſyle:
Et ſelon que Dieu l'a promis,
Il l'a ſoûtient ferme & tranquille
En dépit des efforts de tous ſes ennemis.

Beniſſez-y ſa prouidence,
Objets de ſon Election,
Peuple que ſon affection
Honore de ſon alliance:
Vous que ſa grace a deſtinez
Pour eſtre ſans fin couronnez
Dans le Royaume de ſa Gloire;
Qu'vn don ſi grand ſi precieux
Soit logé dans voſtre memoire
Iuſqu'à ce qu'il vous loge auec luy dans les Cieux.

Que dans cette Egliſe ou les Anges
Campent pour voſtre ſeureté,
L'on adore ſa Majeſté,
Que l'on y chante ſes loüanges:
Que dans ce Temple glorieux
Le nom du Monarque des Cieux
Sonne ſi haut dans vos Cantiques,
Que du concert melodieux
De ſes Eloges magnifiques
Retentiſſe l'airain de la voûte des Cieux.

FIN.

www.ingramcontent.com/pod-product-compliance
Lightning Source LLC
LaVergne TN
LVHW050513160826
845677LV00003B/1109
* 9 7 8 2 3 2 9 6 3 4 6 4 7 *